美麗的中國人

美麗的中國人
作者／阿濃
總編輯／馬鎮梅
責任編輯／廖迎祺
美術設計／劉碧雲
插圖／棗田
出版發行／突破出版社
香港沙田亞公角山路33號突破青年村
電話：2632 0000　傳真：2632 0388
電郵：breakthrough@breakthrough.org.hk
網址：http://www.breakthrough.org.hk
http://www.btproduct.com
承印／陽光（彩美）印刷有限公司
2009年6月初版1刷
2024年8月初版10刷

How Beautiful Chinese Are
by A Nong
First Printing, First Edition, June 2009
Tenth Printing, First Edition, August 2024

Printed in Hong Kong
ISBN 978-962-8996-51-3

本書採用環保油墨印刷

人文價值

或坐在巨人的肩膀上，或呷一口書香，讓我們的生活漸次提升，讓眼界更見遼闊。

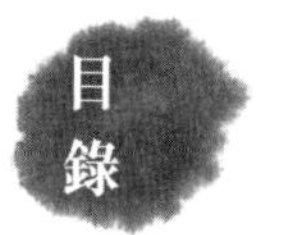
目錄

序

魯迅先生在上個世紀二十年代開始，以文學揭示國民靈魂的病態，期望引起療救的注意。八十年代柏楊先生以《醜陋的中國人》一書挖掘中國人精神上的缺點。兩者都是「破」的工程，因為不破則不立。

但如破而不立，死水始終是死水，廢墟依舊是廢墟。

我讀歷史固然讀到許多中國人的醜陋面，其醜陋遠超乎魯迅先生和柏楊先生所指出的。但我也同時讀到中國人的美麗面，其美麗處照耀千秋，使人驚歎。

我覺得只揭露我國族的醜，而不顯揚我們靈魂的美，不但不公道，而且對不起我們的祖先。

對美的標榜何嘗不是對醜的鞭撻？於是我細心挑選出一批美麗的古人，他們的精神其實已經滋養了我們一代又一代的人。可以驕傲地說一句：中國人擁有的精神上的美麗其實遠超過他們的弱點和缺陷，否則我們早已成為衰落消亡的種族。

認識這些美，效法這些美，將使我們品格高尚，靈魂卓越。

《醜陋的中國人》、《美麗的中國人》同樣是一面鏡子。我們需要用鏡子看到酒刺，卻同樣希望從鏡子裏看到酒渦。

美

勇於嘗試之美

借自身作試驗場

美麗的中國人：神農氏　（上古神話）

聽說神農又中毒了，大家既擔心又不太擔心。因為神農中毒可算是常事，最高紀錄的那一回是同一天中毒七十二次，卻都被他自我消解，平安渡過。

這當然是因為神農對植物性質的了解，加上經驗豐富。但卻因此有許多神奇的傳說。有說他有一個透明的玻璃肚皮，植物吃進肚皮發生怎樣的變化都可以看見。一說他嚐百草時臉色會起變化，有時變紅，有時變白，有時變黑，便可以判斷哪些草有毒、無毒、毒性是否猛烈。

不過這次神農中的毒似乎十分厲害，他臉色發黑，眼神渙散，身體不時發生痙攣。助手餵他服食的幾種解毒的草藥似乎都不見效。

住所外面聚集的百姓愈來愈多了，人人臉帶憂戚，不時向上天祈禱。

神農在他們心中不但是智慧超卓的神，還是眾人的父親。

是他在狩獵的收穫不豐、人民面臨飢餓時，找到五種穀類作為糧食，可以每年種植儲藏。

是他發明製作了不同用途的犁田、鋤草工具，方便大家耕種，增加生產力。

是他親自嘗試了數以百計的植物，分辨它們的毒性和療效，使百姓有了醫藥。

是他想出了「日中為市」的主意，讓大家在市場上交換物品，互通有無。

是他教大家用麻的纖維織布，製作了衣裳。

是他教大家利用桐木和絲線製成一種叫琴的樂器，在休閒時彈奏唱吟為樂。

是他教大家製作弓箭，方便打獵。

是他教大家用泥土製成陶器，冶鍊金屬製成工具。

是他教大家建造房屋，讓大家有安全舒適的居所。

並不是他天生聰明、無所不能，而是他鼓勵發明，利用大家的智慧來改善生活。

當黑暗的夜空一顆大星下墜，陪伴神農的醫官向民眾宣布神農逝世的噩耗。廣場上一片靜寂，隨之而來的是一聲聲啜泣，跟着有人撥動了琴弦，訴說着眾人共同的哀傷。大家想像一個美麗的靈魂正冉冉升空，神農以他的智慧和勇毅，借自己的軀體做試驗，奠定了中國的農耕社會模式，為中華醫學啟蒙。

延伸閱讀：

(唐) 韋應物〈種藥〉

大愛忘私之美

三過家門而不入

美麗的中國人：禹　（夏）

這個塗山氏的女子對她治水英雄的丈夫禹確是癡心一片。可惜婚後幾天他就又忙着去開山劈石了。她知道有好幾次禹從附近經過，竟然忍心不回家看看她。

為此她曾作過一首歌，教會家中的使女，分散在不同的路口，等候禹經過，替她唱出心聲。

這首歌只有四個字：候人兮猗。

「候人」就是「等人」，「兮」和「猗」都是歎詞，表達一種語氣，唱的時候幽怨綿長。

這首〈塗山女歌〉竟成為中國抒情詩的始祖，也是中國有文字記載的第一首女性創作的作品。

塗山女只是從別人口中得知丈夫又建立了多偉大的功業，包括鑿通了龍門，讓黃河可以順暢地奔騰而下，那鬼斧神工的三門峽是人類創造的奇蹟。

不知是因塗山女歌聲的感召，還是禹需要在故鄉的附近進行理水工程，他終於回家。塗山女憐惜地看到丈夫因奔波勞碌，又長期浸在水中，大腿上的肌肉都消失了，小腿上的毛也掉光。

禹回家後，塗山女懷孕了，這使她感到很幸福。當禹工作的時候，塗山女會準備好食物送到工地去。

有一次，禹又要去工作了，他對妻子說：「工地危險，你大着肚子，當心鑿碎的石塊從山壁滾下來砸傷你。我帶一面鼓去，聽到鼓聲，表示工程暫停，你才可進去。」

於是塗山女帶着丈夫愛吃的食物，去到山坳口，等待丈夫呼喚的鼓聲。

等呀，等呀，果然聽到了咚咚的鼓聲。

塗山女歡喜地拿着食物籃走進山坳，嚇她一跳的是巖壁上有一頭大熊正在鑿石，石塊掉在鼓上咚咚作響。

「原來我的丈夫是一頭熊，怪不得他不許我進來看他工作。天呀，我的丈夫是一頭熊！」

她驚慌地從山路上奔跑回去，禹聽到呼喊，連忙從山壁上爬下來，他仍穿着熊皮造的工衣，戴着保護頭顱的熊皮帽子。

當他走到妻子身邊時，她已昏厥倒地，在她身旁有一個剛出生呱呱啼哭的嬰兒。他悲傷地發覺妻子已經死了，這個如此愛他、他卻沒有好好憐她惜她的好女子永別了。

他抱起兒子，在孩子啼哭聲中，一個男人痛苦的哀號震動了山谷。

延伸閱讀：

(宋) 辛棄疾〈生查子·題京口郡治塵表亭〉

仁愛之美

以身獻祭解民困

美麗的中國人：湯 （商）

商湯即位後有七年沒有好好的下雨，河都乾了，井也枯了，田裏再種不出莊稼，餓死、渴死的百姓難以計數。

商湯是一位以仁愛著稱的君王，大家都知道他「網開三面」的故事：

有一天湯外出郊遊，見獵人四面張網，捕捉鳥獸，並且向天祝禱說：「願從天上來的，地上來的，四方八面來的，都進入我的網羅！」

湯對獵人說：「哎呀，真要這樣還有剩餘的麼？」

他叫獵人把網撤去三面，並且代他們祝禱說：「想往左邊去的就去左邊，想往右邊去的就去右邊，只有命該絕的，才掉進網中。」

四方的諸侯聽說湯是這麼的仁德，對禽獸也如此慈悲，紛紛來歸附的一共有四十六個國家。

可是這麼仁愛的君王卻對旱災束手無策，一年又一年的向上天禱告，拿牛羊來獻祭，老天爺卻總是無動於中。後來

由太史占卜，看上天有什麼指示。占卜的結果是要用一個活人來獻祭。

這個活人由誰來充當呢？獄中的死囚犯了重罪，用他們來獻祭猶如不潔的食物，是對上天的不敬。也有朝廷的大臣和忠勇的百姓，願意成為犧牲，感動流淚的商湯對大家說：「我是你們的頭，上天要懲罰的是我。我們請求降雨是為了救人，沒有理由卻要先去殺一個人。如果一定要犧牲一個人，這個人就應該是我。」

大臣和百姓們都流着淚勸阻，可是商湯不聽。

這一天，商湯齋戒沐浴，修剪了頭髮、指甲，按禮節身上纏繞着白茅，乘坐着素車白馬，向築了祭壇的桑林地方出發。

到了那裏，商湯上了祭壇，跪下來向上天高聲祈禱，四周一同跪下的黑壓壓的百姓都可以聽見：

「上天呀，我虔誠地向您禱告，如果是因為我和朝廷的罪過使您震怒，我願一身擔當，請您放過我的百姓。上天呀，是我的政事不當、缺乏監察麼？是我的民眾沒有盡他們應盡的責任麼？是我把宮室修建得太豪奢麼？是我聽信宮中的女人弄權亂政麼？是官吏們貪贓枉法麼？是讒媚的小人得勢陷害忠良麼？這都是我領導無方的過錯，請把我作為祭品，補贖我的罪過。」

就在司儀官正想宣令點火時，忽然天昏地暗，黑雲從四面八方湧至，隨即下起傾盆大雨來。

人們在雨中歡呼舞蹈，雨一直下着，後來知道下雨的範圍有數千方里。

商湯是中國歷史上少有的形象美麗的君王，他的美麗來自內心的仁愛。

延伸閱讀：

《史記·殷本記》之「網開三面」

《淮南子·主術訓》之「桑林禱雨」

喜愛生活之美

孔子的選擇

美麗的中國人：孔丘 （春秋）

一個冬日的下午，孔子跟幾個學生在一起，他們是子路、曾晳、冉有和公西華。曾晳在鼓瑟，其他幾個跟老師閒談。

孔子說：「我老啦，沒有人肯用我了。你們平日常說別人不了解你，假如有人了解你們，請你們去做事，你們有什麼打算呢？說給老師聽聽。」

一向藏不住話的子路，想也沒想便站起來說：

「一個擁有一千輛兵車的國家，那怕夾在幾個大國中間，隨時有外敵想侵佔他，國內又連年災荒，只要給我三年的時間，就可以使國民有勇氣迎接挑戰，而且人人明白事理。」

孔子莞爾對他一笑，好像是說：「你真的如此有本領？」跟着問冉有：「你呢？」

「給我一個縱橫六七十里或五六十里的小國，也給我三年時間，人人都可以富足起來。說到知禮知樂，那就有待賢人和君子來協助教化了。」冉有說得比較謙虛。

「公西華，到你說說了。」

「我的本領還不夠，我要努力學習。有機會讓我穿着禮服，戴着禮帽，主持祭祀的工作；或者在國與國之間的盟會上，做一個小小的司儀，我就很滿足了。」

孔子説：「你做小司儀，誰能做大司儀？」老師不同意他的謙虛。

「好，曾點，到你了。」

曾晳又叫曾點，他有個孝順兒子曾參也是孔子的學生，因此他們既是父子也是同學。

曾參對曾晳的孝順是出了名的，可是這個做父親的曾晳脾氣卻很暴躁。有一次曾參在瓜田鋤地時，不小心弄斷了瓜秧的根。曾晳盛怒之下拿大棍打曾參的背脊，把曾參打得暈倒在地，不省人事。曾參醒過來之後，走到父親面前請罪，回到房間之後還操琴唱歌，表示自己的身體沒事，也沒有怨恨，讓父親放心。

不過孔子並不同意曾參的做法，而且有點生氣，對其他學生説：「一會兒曾參來別讓他進門！」

曾參不覺得自己有錯，想辦法見到了老師。

孔子責怪他說：「你沒聽說舜是怎樣對待他父親瞽叟的責罰嗎？瞽叟用小棍子打他他就承受，用大棍子打他他就走避，因為如果他不幸被父親打死了，便是陷父親於不義，那是大不孝。」

不過這個暴躁父親在老師面前卻是很恭順的，他一面撫瑟一面聽同學們跟老師對答，老師問到他時，他正好彈到尾聲，鏗的一聲之後站起來說：

「我的想法可是與他們大大不同哦！」

孔子說：「不要緊呀，各人有各人的看法嘛！」

曾皙臉上帶着嚮往的微笑說：

「在暮春三月的季節，我們穿上輕便的春裝，陪着五六個青年人，六七個小孩子，在沂水裏洗洗澡，在舞雩台上吹吹風，一路唱歌一路走回家。」

曾皙說得慢悠悠的，很投入，沉浸在他自己描述的情景之中，顯然，老師也被他感染了。孔子想起自己風塵僕僕，流徙在各國之間，捱過餓，遇到不少危險，有時惶惶然像頭喪家之犬。如果能夠享受曾皙所描寫的輕鬆活潑又愉快的太平生活，那該是多麼美好呢！於是他輕輕歎息說：

「我完全同意曾點的想法呀！」

在這個時刻，這位老師完全放下了嚴肅的面孔，也不再說什麼修身、齊家、治國、平天下的大道理，他恢復了赤子之心，要跟不同年齡的伙伴，在春天的原野上徜徉，在春水中暢泳，在春風中舞蹈，快樂地唱着歌兒回家。他變成一個年輕的充滿活力的奔放的孔丘。

這是我能想像的孔子最美麗的時刻。

附錄

《論語》選

子曰：「學而時習之，不亦說乎？有朋自遠方來，不亦樂乎？人不知而不慍，不亦君子乎？」

曾子曰：「吾日三省吾身：為人謀而不忠乎？與朋友交而不信乎？傳不習乎？」

子曰：「吾十有五而志於學，三十而立，四十而不惑，五十而知天命，六十而耳順，七十而從心所欲，不踰矩。」

子曰：「君子喻於義，小人喻於利。」

子曰：「賢哉，回也！一簞食，一瓢飲，在陋巷，人不堪其憂，回也不改其樂。賢哉，回也！」

子曰：「譬如為山，未成一簣；止，吾止也！譬如平地，雖覆一簣；進，吾往也！」

子曰：「歲寒，然後知松柏之後彫也。」

子曰：「知者不惑；仁者不憂；勇者不懼。」

子曰：「君子成人之美，不成人之惡；小人反是。」

子貢問曰：「有一言而可以終身行之者乎？」子曰：「其恕乎！己所不欲，勿施於人。」

子曰：「過而不改，是謂過矣！」

友誼之美

伯牙摔琴

美麗的中國人：俞伯牙、鍾子期　（春秋）

這是一座新墳，石碑上簡單地題寫着「鍾子期之墓」。俞伯牙一見，眼淚便簌簌落下。

距離那次相識才一年光景，想不到便陰陽永隔。

他隨身攜帶的古琴已伴隨半生，只揀那僻靜處、夜深時才奏來自娛。因為凡間多的是俗耳、瞽耳，他們不懂得聽，卻會虛偽地鼓掌叫好。這使他覺得厭悶。

去年他乘船赴任，泊在一處崖邊，見山青水綠，眾鳥鳴唱，忍不住捧出琴來即興奏了一曲，卻聞岸上喝彩之聲。抬頭一看，竟是一年輕樵夫。難道這山野地方的鄉人也懂琴音？便故意考他一考，要他猜度琴中意蘊。

伯牙專注凝神，琴音莊嚴、雄偉、氣象萬千。但聽那年輕樵夫讚道：「巍巍乎，像是崇高的泰山哦！」伯牙又再凝神，琴音浩蕩、壯闊而又流動，充滿生命力。那樵夫讚道：「洋洋乎，像是奔騰的江河哦！」

伯牙當時心中有說不出的歡喜，數十年追尋不到的知音，竟在此偶然相逢。

他以最大的熱情邀請子期上船，喝酒聊天。子期有山野樵夫的樸實，言語不多，但一談到音樂，便有許多奇妙的見解，正正可以解答伯牙多年思考的問題。

伯牙喝得興致高了，硬要跟子期結為兄弟，子期推辭不掉，也就順了他的意。

分別時他們訂了一年後再會之約。從此伯牙每次彈琴都會想起子期，這思念隨着時間的過去而加深。終於等到相會的日子，迎接他的卻是一抔黃土。

「子期，我來了。」他在墳前深深作了一揖。

從琴童手裏捧過琴來，在一棵古柏的根上坐下，調了調琴弦，心中出現年前那高山流水的音符，琴音在指間流出……忽然想起知音已渺，心中不由大慟，手指一緊，一聲帛裂，琴弦斷了。

他把琴抱起，把臉貼在上面，嗚咽着說：「伯牙從此不再彈琴了。」隨即把琴高高舉起，往墳旁一塊大石上摔去，錚的一聲，弦斷琴裂。

這一摔見證了知音的難求，友情的美麗。琴弦雖斷，兩人心弦的共振，千百年來悠悠不絕。

附錄

(一)《神奇秘譜・太古神品上卷》記述列子的話

伯牙善鼓琴，鍾子期善聽。伯牙志在高山，鍾子期曰：「巍巍乎，若泰山。」伯牙志在流水，鍾子期曰：「洋洋乎，若江海。」伯牙所念，子期心明。伯牙曰：「善哉，子之心而與吾心同也。」子期既死，伯牙絕絃，終身不復鼓。

(二) 馮夢龍編著《警世通言・俞伯牙摔琴謝知音》節錄

註：請看「子期既死，伯牙絕絃，終身不復鼓」此三句便演化成下面一段文字。

鍾公策杖引路，伯牙隨後，小童跟定，復進谷口。果見一丘新土，在於路左。

伯牙整衣下拜：「賢弟在世為人聰明，死後為神靈應。愚兄此一拜，誠永別矣！」拜罷，放聲又哭。驚動山前山後、山左山右黎民百姓，不問行的住的、遠的近的，聞得朝中大臣來祭鍾子期，迴繞墳前，爭先觀看。

伯牙卻不曾擺得祭禮，無以為情。命童子把瑤琴取出囊來，放於祭石台上，盤膝坐於墳前，揮淚兩行，撫琴一操。那些看者，聞琴韻鏗鏘，鼓掌大笑而散。

伯牙問：「老伯，下官撫琴，弔令郎賢弟，悲不能已，眾人為何而笑？」

鍾公道：「鄉野之人，不知音律。聞琴聲以為取樂之具，故此長笑。」

伯牙道：「原來如此。老伯可知所奏何曲？」

鍾公道：「老夫幼年也頗習。如今年邁，五官半廢，模糊不懂久矣。」

伯牙道：「這就是下官隨心應手一曲短歌，以弔令郎者，口誦於老伯聽之。」

鍾公道：「老夫願聞。」

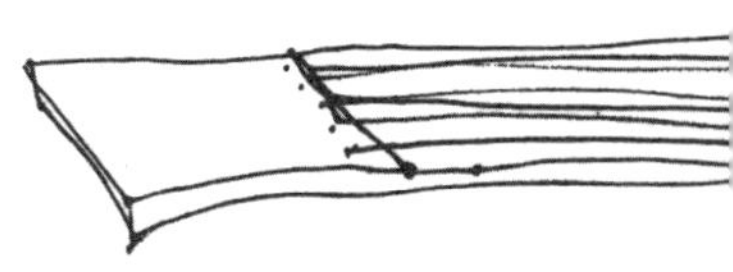

伯牙誦云：

憶昔去年春，江邊曾會君。今日重來訪，不見知音人。

但見一抔土，慘然傷我心。傷心傷心復傷心，不忍淚珠紛。

來歡去何苦，江畔起愁雲。子期子期兮，你我千金義。

歷盡天涯無足語，此曲終兮不復彈，三尺瑤琴為君死。

伯牙於衣袂間取出解手刀，割斷琴弦，雙手舉琴，向祭石台上，用力一摔，摔得玉軫拋殘，金徽零亂。

鍾公大驚，問道：「先生為何摔碎此琴？」

伯牙道：「摔碎瑤琴鳳尾寒，子期不在對誰彈！春風滿面皆朋友，欲覓知音難上難。」

鍾公道：「原來如此，可憐！可憐！」

美

大智、大仁、大勇之美

一場戰與和的角力

美麗的中國人：墨翟　（戰國）

這是《墨子》上的一則故事，篇名〈公輸〉，魯迅先生在《故事新編》中把它改寫為「非攻」，不過原文已經很精彩，就讓我來介紹一下：

公輸盤為楚國製造了一種攻城工具叫雲梯。（阿濃按：公輸是複姓，他的名字有的寫作「般」，有的寫作「班」，因為他是魯國人，又稱「魯班」。香港的建築行業尊之為始祖，每年有魯班先師誕，隆重地慶祝。）聽說會用來進攻宋國。主張和平的墨子，便從齊國出發，行走了十日十夜來到楚國的國都郢。（阿濃按：那時沒有方便的交通工具，不過無須護照身分證一類東西，便可以出入不同的國境。）

墨子打聽一番，終於找到了公輸盤的家，見到了這位名聞天下的巧匠。其實公輸盤也聽過墨子的名字，見他遠道而來，便客氣地問：「先生大駕光臨，有什麼吩咐呢？」

墨子說：「北方有人欺負我，想請你幫我殺了他。」

公輸盤想：「把我當成殺手了？」樣子就很不高興。

墨子補充說：「我會送上十金做酬勞。」（阿濃按：金是當時貨幣單位，十金約為十斤銅。）

公輸盤說：「我奉行正義，不會胡亂殺人。」（阿濃按：墨子一番大話，把公輸盤一下套牢了。）

墨子立即站起來，恭敬地向公輸盤行禮說：「憑你這句話，我就要向你下拜。」然後又說：

「就讓我們來說說這個『義』吧。我在北方聽說先生造了雲梯，用來攻打宋國，宋國犯了什麼罪呢？楚國擁有大量的土地，卻沒有足夠的人口。打仗要犧牲不足的人口，去爭奪本來有餘的土地，這是不智。宋國沒有罪卻去攻打它，這是不仁。知道這個道理，卻不去爭辯反對，這是不忠。爭辯而說服不了當朝，這是你不夠強。講正義不肯去殺一個人，卻通過戰爭殺害眾多的百姓，這不是自相矛盾，道理上說不通嗎？」

公輸盤被墨子咄咄迫人的一番話說得語塞，承認墨子說得有理。

墨子說：「那麼何不取消攻打宋國的計劃呢？」

公輸盤說：「不行，我已跟楚王說好了。」

墨子說：「何不讓我去見見楚王呢？」

公輸盤說：「行。」（阿濃按：墨子一番話說得義正詞嚴，公輸盤心中已經動搖，所以他答應帶墨子去見楚王。且看墨子見楚王時又有什麼聰明策略。）

墨子見了楚王，客套一番之後便說：「我見過一個人，他捨棄自己華麗的馬車不用，卻想去偷鄰居的舊車；捨棄自己錦繡的衣裳，卻想去偷鄰居的粗布短衣。捨棄自己的美食佳餚，卻想偷鄰家的粗糧。您認為他是怎樣的一個人呢？」

楚王笑道：「這人一定患了偷竊病了。」（阿濃按：的確有這樣的病，像某些人犯了心理病，要去商店高買。不過楚王不知道這一答又被墨子套住了。）

墨子說：「楚國有方圓五千里廣袤的土地，宋國只有五百里，這就像華麗的馬車和老牛破車相比。楚國有雲夢大澤，珍禽異獸充滿其中，而長江、漢水裏面的魚、鱉、黿、鼉，富甲天下，而宋國連野雞、兔子、狐狸都沒有，這就像山珍海錯跟糟糠相比。楚國有種種珍貴的棟梁之材的樹木，宋國連一棵像樣的大樹也沒有，這就好像錦繡衣裳與粗布短衣相比。照此看來，大王攻打宋國，跟那個有偷竊病的人該屬於同一類。我認為大王這樣做必然有失道義卻未必能獲得宋國。」

楚王說：「你說得很動聽，不過公輸盤為我造了雲梯，我一定可以取得宋國。」

墨子說：「這倒未必，就讓我們試試。」

於是墨子解下腰帶，就當是城牆，又拿一些小木片，作為防守的器械。公輸盤也拿出攻城的器械模型，連攻九次，墨子也擋了九次。公輸盤的器械用盡了，卻一點便宜也佔不到。

受了挫折的公輸盤喃喃的說：「我知道用什麼辦法可以對付你，不過我不說。」

墨子說：「我知道你想用什麼辦法對付我，不過我也不說。」

聽得楚王莫名其妙，問他究竟說些什麼。

墨子說：「公輸先生不過想把我殺掉，以為殺掉了我就沒有人能救宋國。不過我的弟子禽滑釐等三百人，已經拿了我的守城工具，在宋國的城牆上等候着了。就算把我殺了也無濟於事。」（阿濃按：墨子可算是「算無遺策」，對方所有可能做的事，都在他預計之中。）

楚王終於説：「墨先生，我真的服了你啦！好，我決定放棄攻宋。」（阿濃按：要做一個和平主義者，要有智有勇，還要有實力，才能取得成果。）

墨子化解了一場侵略戰爭之後，啟程回家。經過宋國的時候，下起雨來。他躲到城門下避雨，卻被看守城門的宋國士兵趕走。魯迅先生説他「淋得一身濕，從此鼻子塞了十多天。」（阿濃按：墨子為宋國做了這麼大的一件好事，卻沒有去領功。一個為善不求人知，大智大勇大仁的和平主義實踐家，其靈魂的美麗照耀千秋。）

延伸閱讀：

《墨子．公輸》原文首段

善於說理之美

為國君上了精彩一課

美麗的中國人：孟軻　（戰國）

孟子以學者的身分到了齊國，齊宣王接見了他。

「孟先生，齊桓公和晉文公在春秋時代稱霸的事，您可以講給寡人聽聽嗎？」齊宣王一開口便問。

「哼，看來他也想稱霸，他是問錯人了。」孟子心想。他清清喉嚨說，「作為孔子的門生，我們是不說霸業的。如果大王有興趣，我倒想跟王談談用王道使天下歸心的事。」

「您倒說說看。」

「讓人民安居樂業，就是王道。誰也阻擋不了。」

「像我這樣的人，也能夠做得來嗎？」

孟子想：「看來他信心不足，倒要鼓勵一下。」便提高聲線說，「當然可以！」

「你怎麼知道我可以呢？」看來宣王對這個題目有了興趣。

「我聽胡齕（宣王的近臣，齕音核）先生說過一件事，」原來孟子事前做過資料搜集。什麼事呢？宣王豎起了耳朵。「說有一天，王坐在大殿上，有人牽着一頭牛在堂下走過。王見了問：『把牛牽到哪裏去？』牽牛的人說：『把牠宰了祭鐘。』王說：『放了牠吧，我見牠抖抖索索挺可憐的，沒有犯過錯，卻要被宰殺，我心中不忍。』那人問：『那麼是不是要廢掉祭鐘這儀式了？』王說：『怎麼可以廢除呢？換一隻羊來代替吧。』——大王，是不是有這樣一回事呢？」

宣王心想：「你倒知得清楚。」回答說：「是的，有這麼一回事。」

「大王有這樣的仁心就可以王道治國了。許多百姓以為大王以羊易牛是出於吝嗇，我知道大王是出於不忍。」孟子想：「讓他認為我是他的知心者吧。」

「是呀。」宣王說，「是有這樣的百姓。我們齊國雖小，我怎會連一頭牛也捨不得？只不過我見牠無罪而要被殺，那害怕得發抖的樣子使我心中不忍，才叫人用羊來代替。」

孟子笑着說：「大王不要奇怪百姓會以為您出於吝嗇，因為您以小易大嘛！如果您是可憐牠無罪而要就死，那麼宰羊和宰牛又有什麼分別呢？」孟子差點沒有說他的做法愚蠢。

宣王也忍不住笑了：「真有點莫名其妙！我真的不是捨

不得牛才用羊來代替，百姓們會這樣想看來並不奇怪。」

孟子想：我要鼓勵鼓勵他了。便說：「不要緊嘛！這就是仁愛的表現呀！您見到牛沒有見到羊，才會這樣說。作為君子，對待禽獸是見到牠們愉快地活着，就不忍心看着牠們死；聽到牠們的悲鳴哀號，就不忍心吃牠們的肉。所以君子就要離得廚房遠遠的。」

宣王開心地說：「《詩經》上有兩句：『他人有心，予忖度之。』先生就是這種知人心意的人了。我這樣做了，自己也不明白為什麼會這樣做，你一說，我心裏就明白了。不過你說我這種心理跟王道相合，又怎樣解釋呢？」

孟子說：「如果有人對你說，他的力氣可以舉起百鈞重，但舉不起一根羽毛；他的視力明察秋毫，卻看不見一車的柴薪，你會相信嗎？」

「當然不信。」

孟子馬上接下去說：「如今大王對禽獸都有恩德，卻不及於百姓，能說得通嗎？舉不起一根羽毛，是不肯用力；看不見一車柴薪，是不肯用眼；老百姓不能安居樂業，是不肯施恩。所以說大王的不用王道，是不肯做，不是不能做。」

宣王有點心怯了，囁嚅地問：「不肯做與做不到有什麼不同的表現？」

孟子說：「要把泰山挾在臂膊下跳過北海，你說你做不到，那是真的不能。替老人家折取樹枝（原文「折枝」有三種解釋：1. 折取樹枝，2. 彎腰行禮，3. 按摩搔癢），你說你做不到，是你不肯做，不是做不到。大王不行王道，不是挾泰山超北海那類，而是為長者折枝這一類。」

宣王聽了不覺一陣面紅。

隨後孟子又說了許多霸權必敗，王道必勝的道理，都很動聽，不過宣王覺得一下子吸收不來，便說：

「我的腦子發脹啦，不能再吸收了。希望先生助我達成我的志願，經常明明白白的教我。我雖然不夠聰明，但會努力嘗試。」

以上是孟子替一個國君上的精彩的一課，說得上循循善誘。以王道去打動他，使之放棄霸道。既合情理，又使聽者

心情愉快，容易接受。這樣的「課程」造福百姓，其影響及於後世。作為宣揚仁愛的教師，其形象是充滿智慧、美麗非凡的。

延伸閱讀：

《孟子》第一章第一節　梁惠王章句上

心靈之純美

莊周蝴蝶夢

美麗的中國人：莊周　（戰國）

這天莊周工作得倦了，打起盹來，矇矓間見到一塊廣闊無邊的花田，開滿了各種顏色的花，感覺到空氣中瀰漫着不同的香氣。那些顏色在陽光下互相閃耀，使人暈眩；那些氣味，帶給人許多的迴想，使人想哭、想笑。在花間有許多小昆蟲忙碌地鑽來鑽去，牠們是蜜蜂，不知為誰辛苦為誰忙？

莊周見花田的另一邊，花開得最是燦爛，想過去看看，一動念間，身體已懸浮在空中，向那邊移動過去。他還看到在自己的周遭有無數彩色的翅膀，一張一合的搧動着，牠們都是蝴蝶，有大有小，有單色的白粉蝶，有彩色的鳳蝶。鳳蝶比較大，最大的有車輪那麼大，身上的圖案比較複雜，有的像一對對眼睛，向莊周做着媚眼。

春天到了，牠們像在過節，喜氣洋洋的。快樂的氣氛感染了莊周，他舉起雙臂跳進空中，咦，怎麼揮動的是一對翅膀？

仔細瞧瞧，好美麗哦！那紅的、黑的、白的圖案是如此配搭巧妙。原來我也是蝴蝶呀，是在這裏飛舞着的千萬個蝴蝶家族的一員呀！為什麼我好像剛從夢中醒來呢？我在夢中好像是不會飛的，是一個醜陋、呆滯的生物，我是……遙遠了，模糊了……飛吧，飛吧，享受這色彩的海，享受這氤氳的香，享受這自由，享受這快樂……

忽然一陣大風，把許多許多蝴蝶，連同無數的花朵、花瓣，捲上九萬里的高空，形成了滿天的花雨，又紛紛下墜，速度產生的離心力使莊周倏地醒來——

房間裏黑暗一片，摸摸頭臉，摸摸手腳，定一定神，確定自己還是那個生活板滯、喜歡胡思亂想的莊周。

夢中的花田，夢中的色彩，夢中的香氣，夢中自由的飛翔，印象依然鮮明，那份快樂，未能一直品嘗下去，真使人遺憾。

不過剛才那真是一個夢嗎？一個可憐的人夢見自己是一隻蝴蝶？抑或那才是真實，我莊周只不過是一隻蝴蝶夢中的化身。可惜那是一個快樂的夢，而現在的我卻是蝴蝶的惡夢。

莊周能做夢變成一隻美麗的自由飛翔的蝴蝶，說明他的心靈正是一隻美麗的蝴蝶。

他能提出這樣的疑問：「不知周之夢為胡蝶與，胡蝶之夢為周與？」除了他的腦袋充滿奇思妙想之外，他視眾生為平等族類，也可見他胸懷之博大。

用這個故事作為典故寫在詩詞中的極多，下面是其中最知名的一首：

〈錦瑟〉

李商隱

錦瑟無端五十絃，
一絃一柱思華年。
莊生曉夢迷蝴蝶，
望帝春心託杜鵑。
滄海月明珠有淚，
藍田日暖玉生煙。
此情可待成追憶，
只是當時已惘然！

本質之美

外醜內美的範例

美麗的中國人：鍾無艷　（戰國）

那天齊宣王正在朝廷議事，有門尉通報說一女子堅持求見。看來戰國時代的君王跟民眾的距離並不是那麼遙不可及，許多有識、無識之士，都有機會跟君王議事論政，這就成就了戰國時代是一個百家爭鳴的時代。

齊宣王果然讓這女子進見，但見進來的是一個四十歲左右又粗又黑的女子，頭形古怪像一個舂米的臼，兩眼深陷，手腳粗壯，關節脹大，鼻孔朝天，女子而有喉核，頸項又短又肥，頭髮稀疏，彎腰曲背，還有點駝，這樣醜的女人，真是世間少見。

齊宣王先問她的姓名，知道她複姓鍾離，單名一個春字，山東無鹽人氏，年過四十未嫁。

齊宣王又問她求見的目的，鍾離春單刀直入，說：「對大王傾慕，願執箕帚，聽從差遣。」聽口氣是向齊宣王求婚來了。在場大臣和執事人員都忍不住掩嘴而笑。

齊宣王還未及作出反應，鍾離春忽然兩眼發光，四處張望，大聲說：「危險呀！危險呀！」

危言聳聽的江湖騙子齊宣王不是沒曾見過，便冷冷的說：「有什麼危險，你倒說說看。」

鍾離春竟清楚明白地指出齊宣王面對的四大危險來，包括：

外有強敵窺伺，而欠缺警惕；建造漸台，純為享樂，勞民傷財，不知民怨；賢良之人未被重用遁跡山林，阿諛諂媚的人卻充塞左右；沉湎酒色，日以繼夜，外不修諸侯之禮，內不秉國家之政。

這四大危機都是實情，聽得齊宣王汗流浹背。想不到一個平凡的女子能說出這精闢的政見，為朝廷諸大臣所不及。

當他再看鍾離春時，已經覺得她是一個既有智慧又有勇氣的女子，一點也不難看了。

很快齊宣王就決定立她為后，同時拆除漸台，罷去女樂，斥退奸佞，摒除浮華，勵精圖治。從此齊國國勢蒸蒸日上。

在中國典籍中描寫美女的文字不少，如曹植的《洛神賦》，宋玉的《登徒子好色賦》，刻畫醜女而如此仔細的恐怕要推劉向《列女傳》中記鍾離春的此篇了。

因為鍾離春是無鹽人，無鹽女竟成醜女的代稱。編戲師爺又把「無鹽」改為「無艷」。演鍾無艷的當家花旦當然不肯醜化自己，結果是化一個半邊面黑、半邊貌美的特殊樣貌。戲中的鍾無艷智勇雙全，甚得齊王倚重，但在國家無事時，他還是跑到美貌的西宮夏迎春那邊作樂，因此產生了一句「有事鍾無艷，無事夏迎春」的俗諺。

延伸閱讀：

《列女傳·辯通傳》之「齊鍾離春」

堅毅之美

忍辱寫歷史巨著

美麗的中國人：司馬遷 （漢）

漢武帝天漢二年，司馬遷被關在蠶室裏養傷，他剛接受過腐刑。

所謂蠶室，是一處黑暗不通風但保暖的房間，跟養蠶的環境差不多，專供接受過腐刑的犯人在此渡過危險期。

所謂腐刑又叫宮刑，在男性來說是把生殖器官切割掉，是一種既殘酷又奇恥大辱的刑罰。

接受完腐刑的犯人，據說不能吹風受寒，所以要把他們關在蠶室裏等待傷口痊愈。

身心嚴重受創的司馬遷當時很想自殺，一死了之。他為同僚李陵的冤屈抱不平，結果自己同樣陷於大冤屈之中。

司馬遷其實跟李陵的來往並不多，性情志趣也不相同。不過司馬遷觀察他的為人，孝順父母，對朋友信實，不貪錢財，恭儉謙卑，是一個值得敬重的人。他帶領士兵五千，抗擊匈奴，消滅的敵人，遠遠超過一般戰爭的水平。後來敵人調集全國兵力加以圍困，李陵得不到本國軍隊的救援，在力戰之後兵敗被擒受降。當李陵打勝仗的日子，朝廷上大官們飲酒慶祝，說是皇上的鴻福；到李陵打了敗仗，漢武帝食不甘味，情緒惡劣，有意要殺李陵全家，作為他不忠的懲罰。

當漢武帝詢問司馬遷的看法時，司馬遷幫李陵辯護，說他之被打敗非戰之罪，主帥李廣利也有責任。而李陵之投降，可能是等待機會再為漢室盡力。

誰知這番話竟激怒了武帝，認為他不該為叛臣講好話，又誣蔑了他寵愛的李夫人的哥哥李廣利，將司馬遷下獄受審，結果判了腐刑。

忍受着痛苦和恥辱的司馬遷，想起了同樣是史官的父親司馬談。父親對他有很高的寄望。為了繼承他的遺志，司馬遷自年輕時便周遊各地，考察了全國各地的歷史勝蹟。如今理想未能實現，怎可輕率地捨棄生命？

他認為人人都有一死，但有人死得有價值，重於泰山；有人死得無意義，輕於鴻毛。他想起古人西伯被拘禁演述了

《周易》，孔子受困厄寫作了《春秋》，屈原被放逐賦出了《離騷》，左丘失明產生了《國語》，孫子斷足才論列了《兵法》，呂不韋被貶謫蜀國流傳下《呂覽》，韓非被囚於秦才有《說難》和《孤憤》。他一定要把這本「究天人之際，通古今之變，成一家之言」的大書寫出來，先藏之名山，希望將來能在世間流傳，那時就可抵償所受的侮辱，無所悔恨了。

司馬遷出獄之後，全身心投入寫作，終於完成了這部五十二萬六千五百字的巨著《史記》。

《史記》既是中國空前絕後的歷史巨著，其創造性和歷史價值至今沒有其他歷史著作能及。《史記》的文學性也影響深遠，後代數不盡的作品從中取材，也吸收了它豐富的藝術養料。

司馬遷的身體在專制皇朝的淫威下受到傷殘，但精神的壯烈、勇敢、堅毅，使他成為光輝燦爛、美麗非凡的偉大中華巨人。

延伸閱讀：

《史記·刺客列傳》之「易水送別」

《史記·項羽本紀》之「四面楚歌」

民族親善之美

昭君出塞

美麗的中國人：王嬙　（漢）

入宮三年，不曾見過那好色兼昏庸的元帝，王嬙也猜到是什麼一回事了。

那麼多的民女同時被選入宮，皇帝哪有時間逐個面見，只得荒謬地委託幾個畫工，把女子的樣貌畫下來，讓他先從圖畫上揀選。

自願也好，被迫也好，既然被選入宮，從此失卻自由，當然希望有機會被皇帝看中。於是就有那家底富厚的送錢給畫師，希望能把她們畫得好看些。

王嬙生性激烈，是非黑白分明，她對自己的樣貌很有信心。因此當那個叫毛延壽的畫師，暗示她如果肯付一筆錢，會把她畫得好看些時，王嬙只冷冷的當做聽不懂。

毛延壽不怕犯了欺君之罪，不但沒有如實繪畫出王嬙的美態，還在筆墨間刻意醜化了她。當毛延壽帶着冷笑故意把那幅人像展示給王嬙看時，她已經估計到什麼命運在前面等着自己。

曾經跟漢家又戰又和的匈奴呼韓邪單于來朝的消息在宮中傳播，據説是來請求和親的。希望娶一位皇室女子回去，作為種族和解的橋樑。皇室女子未必有適當人選，即使有也未必捨得，結果便要在宮女中打主意，最好是有自願前往的。

王嬙第一個表達了外嫁的意願，與其在宮中鬱悶而死，倒不如有機會去看看外面的世界，何況還可以成為和平使者，融和種族紛爭。

於是她被封為永安公主，用意在騙騙來提親的匈奴單于，讓他以為娶的是一名公主。

在送行典禮上，刻意打扮的王嬙，一出現便使全場驚艷，第一次見到這個美人的元帝，立刻覺得她宮中無人能及，世上竟有此絕色佳人，如今要白白送給番邦。可是想改變主意已來不及了。王嬙臨別一瞥，那既哀又怨的眼神，更使他終生難忘。

那邊廂王嬙手抱琵琶上路，在黃沙撲面的征途上彈奏出思鄉的哀怨。這邊惱恨的元帝追究責任殺掉了毛延壽。

王嬙是被稱為古代四大美人（西施、貂蟬、王嬙、楊玉環）中我認為真正美麗的一個，不但美在外貌，還美在她的正直、勇敢。以現代眼光看來，她不肯賄賂，是廉政的先鋒；她願意和親，作民族和解的親善大使。

她死後葬在蒙古呼和浩特城南，據說墓上的草長青，稱為青塚。

王嬙字昭君，到了晉朝，為了避晉文帝司馬昭的諱，又稱她為明君、明妃。

自古至今，以昭君或明妃為題材的詩文、戲曲、樂曲無數，如李白的〈王昭君二首〉、杜甫的〈詠懷古蹟：明妃村〉、白居易的〈王昭君二首〉、馬致遠的雜劇《漢宮秋》、現代曹禺的劇本《王昭君》。我最喜歡的是王安石的〈明妃曲〉，寫出了她的美，寫出了她畫不出來的氣質，寫出了她

「着盡漢宮衣」對家鄉的不能忘懷。最後以深鎖長門宮的阿嬌為例，勸解昭君，人生失意其實無分南北，也是詩人自己的慨歎。第二首的「漢恩自淺胡自深，人生樂在相知心」在當年是大膽的說法，倒是可供同學思考的論題。

附錄

王安石〈明妃曲〉二首

(一)

明妃初出漢宮時，淚濕春風鬢腳垂。
低徊顧影無顏色，尚得君王不自持。
歸來卻怪丹青手，入眼平生幾曾有；
意態由來畫不成，當時枉殺毛延壽。
一去心知更不歸，可憐着盡漢宮衣；
寄聲欲問塞南事，只有年年鴻雁飛。
家人萬里傳消息，好在氈城莫相憶；
君不見咫尺長門閉阿嬌，人生失意無南北。

（二）

明妃初嫁與胡兒，氈車百輛皆胡姬。
含情欲説獨無處，傳與琵琶心自知。
黃金桿撥春風手，彈看飛鴻勸胡酒。
漢宮侍女暗垂淚，沙上行人卻回首。
漢恩自淺胡自深，人生樂在相知心。
可憐青塚已蕪沒，尚有哀弦留至今。

親情之美

木蘭回家

美麗的中國人：花木蘭　（北魏）

回來了，就好像做夢一般。這夢也做過許多次了。

回家的夢，總是長途跋涉，千辛萬苦，就差那麼一線。親人在前，卻聽不到女兒的呼喊；家門不遠，卻總找不到走近的路徑。

今天這個夢，卻一直沒有醒。看來是美夢成真。

爸媽都見過了，他們心急，一直迎接到城外。父親比前更老了，腰背都不那麼直了；母親雙眼渾濁，才一見便不停流淚。

姐姐打扮得很漂亮，頭髮梳得整齊，臉上搽了胭脂，親熱地攙着她，就像攙着作戰歸來的男兒，臉上有不褪的紅暈。

弟弟高大得多了，像一個小小的男子漢，看他的眼神，知道他是多麼羨慕二姐那一身軍裝。

姐姐說，筵席都準備好啦，招待木蘭，也招待護送她回來的伙伴們。殺豬宰羊，忙了好幾天，弟弟幫了很大的忙。出征姐姐的樣子，他已經不大記得，偷眼看着，卻跟同來的士兵們說個不停。

回到家裏，木蘭首先看到的就是那部織機。她還記得那年可汗點兵，父親的名字出現在徵兵冊上。可是他的身體不大好，恐怕捱不起沙場戰鬥的艱苦生活。木蘭沒有哥哥可以代替父親出征，弟弟又年幼。當時她就是坐在織機前，停了手腳，憂思重重，歎息了一聲又一聲，最後下了代替父親出征的決心。

她本來就活潑好動，騎馬射箭不比任何一個男孩差，只是軍隊不收女兵，她準備扮做男子出征。

這一去就是十二年！

房間的陳設還像舊時一樣，但鋪了新牀單，換了新被褥，這都是姐姐的心思。

木蘭獨自坐在牀上，聽到外面爸媽跟鄰居說話的聲音，有些話聽不清楚，但都是親切的鄉音，而其中最清楚的是「女兒」和「木蘭」，多少年來恍惚中、睡夢中聽過的呼喚聲。

別再發獃了，該是恢復女兒身的時候了。把沉重的戰衣脫下，上面鋪滿了征塵，還沾染了血跡。

浴桶裏預備好的熱水一直冒着熱氣，走進去坐下來把十多年的疲憊和憂思都溶解在裏面……

牀上放着舊時穿過的衣裳，是姐姐新洗過熨過，拿在手裏是那麼的輕軟，穿在身上是那麼的滑溜，肩寬了，腰粗了，但還穿得進去。

梳妝台上有一面新鏡子，仔細地對着把頭髮梳好，頭髮又粗又硬，有點像木蘭的性子，好不容易把它理順了，插上金釵。臉上總得搽點粉、擦點胭脂，額上還要把花黃貼上。細心的姐姐把這些女兒家的東西都準備好在那裏，只是這些技藝都生疏了。姐姐好像知道木蘭的需要，在外面問：「要幫忙嗎？」說着就進來了。

姐姐從頭到腳把木蘭望了一遍，一邊說：「還不錯嘛！」一邊幫她整理整理衣服，又幫她勻了勻胭脂和粉。跟着對木蘭說：「我還是喜歡你穿軍裝的樣子。」

「姐。」弟弟在外面呼喚，「兄弟們在等你出來呢！」

木蘭應了一聲，悄聲對姐說：「我還真有點兒心慌呢！」

「怕什麼？」姐明白，但故意說，「不是每天見面的兄弟嗎？忽然畏羞了？」

「是的，怕什麼！」木蘭忽然恢復了豪氣。

當木蘭出現在大家面前時，戰友們起初以為是另一位姐妹，但看清楚又覺面善，正狐疑時，忽聽得這位姊妹大聲喝道：「兄弟們，不認得我了麼？」

大家一時呆了，正不知如何反應時，木蘭走到他們身邊，就像以前那樣，在這個肩上打一拳，抓住另一個的肩膊面對面瞧了一下。

這時老爸開口了：「兄弟們，她是我二女兒木蘭，她一片孝義，代父從軍。多謝多年來兄弟們對她的照顧，今天平安歸來。來來來，讓我們多喝幾杯！」

木蘭的酒量不錯，跟兄弟們乾了一杯又一杯。這班同生共死的戰友，帶着酒意，放肆地看着木蘭，心裏都覺得，她是世上最美的女子。

附錄

〈木蘭詩〉古樂府歌辭，《樂府詩集》收在南北朝梁《鼓角橫吹曲》中。

唧唧復唧唧，木蘭當户織。不聞機杼聲，惟聞女歎息。問女何所思，問女何所憶。「女亦無所思，女亦無所憶。昨夜見軍帖，可汗大點兵。軍書十二卷，卷卷有爺名。阿爺無大兒，木蘭無長兄。願為市鞍馬，從此替爺征。」

東市買駿馬，西市買鞍韉，南市買轡頭，北市買長鞭。旦辭爺孃去，暮宿黃河邊；不聞爺孃喚女聲，但聞黃河流水聲濺濺。旦辭黃河去，暮宿黑山頭；不聞爺孃喚女聲，但聞燕山胡騎聲啾啾。

萬里赴戎機，關山度若飛。朔氣傳金柝，寒光照鐵衣。將軍百戰死，壯士十年歸。歸來見天子，天子坐明堂。策勳十二轉，賞賜百千彊。可汗問所欲，「木蘭不用尚書郎；願借明駝千里足，送兒還故鄉。」

爺孃聞女來，出郭相扶將。阿姊聞妹來，當户理紅妝。小弟聞姊來，磨刀霍霍向豬羊。開我東閣門，坐我西閣牀；脱我戰時袍，着我舊時裳；當窗理雲鬢，對鏡帖花黃。出門看伙伴，伙伴皆驚惶：「同行十二年，不知木蘭是女郎！」雄兔腳撲朔，雌兔眼迷離；兩兔傍地走，安能辨我是雄雌？

敢言之美

皇帝的一面鏡子

美麗的中國人：魏徵 （唐）

這天魏徵想勸太宗皇帝別去終南山打獵，國家待辦的事多着，國家領導人卻去玩樂，影響不好。

魏徵在宮門外等着，準備皇帝一出來就上前進諫。那邊廂太宗也得到通報，知道魏徵正待在外面，便不想出去，等他走了再說。

魏徵等了好半天不見太宗出來，便自己走進宮去，見太宗全副獵裝坐在那裏，肩上還立着一隻小小的鷂鷹。

這鷂鷹是太宗的新寵，能站在主人的肩頭上出外狩獵。牠懂得追捕小動物如兔子、狐狸之類，也能帶領主人尋獲從天上射下來的大雁、野鴨。

太宗的這隻鷂鷹雖處幼齡，但特別聰慧靈敏，善解人意。

太宗一見魏徵進來，怕他多事，說什麼玩物喪志啦，損害形象啦等等責怪的話，便把鷂鷹藏在懷裏。

魏徵早把這看在眼裏，行禮之後說：「聽說主上要去終南山打獵，為什麼還不出發呢？」

太宗也不隱瞞，笑着說：「就是怕你前來勸阻嘛，瞧，你果然來了！」

魏徵說：「微臣罪大，掃了陛下的雅興。那麼陛下還準備前往嗎？」

太宗說：「朕怕你不高興，已決定不去啦。」

魏徵說：「主上聖明，不待稟奏便體諒臣子的衷誠，臣萬分感激。」

跟着魏徵便將一件又一件的大小事務拿出來跟太宗商量，太宗雖覺心煩，也只得耐着性子支吾以對。

魏徵煩了太宗兩個時辰，見他呵欠連連，神不守舍，而且天色已晚，料他不會再去打獵，便告辭出宮。

魏徵一走，太宗便從懷裏掏出那小鷂鷹來，卻見牠兩眼反白，動也不動，已經死了。

太宗又氣又怒，回到內宮，咬牙切齒的說：「遲早我要殺了這個老頑固！」

長孫皇后見太宗氣得臉色發青，便柔聲問是誰令他生氣。太宗說：「還不是魏徵這老傢伙，連我這個做皇帝的也要聽他管，這也不對，那也不可，在其他臣子面前也不留面子給我。」

長孫皇后聽了，忽然進去換了一身禮服出來，隆重其事的向太宗祝賀。太宗問她有什麼可賀的？長孫皇后說：「有明君才有直臣，魏徵敢於向你直諫，就因為他相信你是聖明天子。我們國家既有明君又有直臣，還不值得慶賀嗎？」

一個敢於進諫，一切以國家、人民利益為重的直臣，一個雖然不高興仍能控制情緒接納忠言的皇帝，一個深明大義又有智慧的皇后，演出了美麗的一幕。

魏徵病逝後，唐太宗流着淚對羣臣說：

「以銅為鏡，可以正衣冠。以古為鏡，可以知興替。以人為鏡，可以明得失。朕嘗常保此三鏡，以防己過。今魏徵殂逝，朕遂亡一鏡矣！」

詩情之美

陶醉在浪漫詩情中

美麗的中國人：王之渙、王昌齡、高適　（唐）

中國人喜歡到茶樓、酒樓飲茶、喝酒，那裏往往是最嘈吵最喧囂的地方。中國人又有鬥酒的習慣，鬥酒量、鬥豪氣，鬥到後來嘔吐的有，做出種種醜態的有，對健康也造成很大的傷害。在這杯盤狼藉的場合，喝醉了的人披頭散髮，七歪八扭，變得半人半獸。

但在前人筆記上，卻有一次酒樓上的美麗聚會，環境美麗，氣氛美麗，人物也美麗。

那是唐朝開元年間的一個初冬，小雪之後天色晴朗，洛陽城裏三位沒有官做但很有詩名的讀書人，王之渙、王昌齡和高適相約同往旗亭喝酒。所謂旗亭就是現在的酒樓，門前有酒旗招展，吸引顧客。

三位詩人作品不少，而且都喜歡以邊塞為題材，寫出戰爭的禍害，士兵和百姓的痛苦。在詩歌歷史上他們被稱為「邊塞詩人」，因此他們可算志同道合，十分投機。

三人上得酒樓，人不多，叫了兩壺酒，幾碟小菜，望見窗外陽光下的白雪分外耀眼，正想來個聯句吟詩遊戲時，樓梯上腳步聲雜沓，上來十多個人。看他們的打扮和攜帶的樂器，就知道是梨園中人。

所謂梨園是唐玄宗李隆基在宮中訓練宮人歌舞戲劇的地方，被選中的藝員稱為梨園弟子。白居易〈長恨歌〉中的「梨園弟子白髮新」就是指他們。後來戲劇表演界的藝人統稱為梨園弟子，而李隆基也被供奉為戲曲界的祖師。

三位詩人見他們擺放樂器，似有演奏的架式，便自動移席到較偏遠的角落，一方面圍爐取暖，一方面想欣賞一場免費的音樂會。

忽然香風陣陣，四個妙齡少女陸續上樓，化了冶艷的靚妝，穿着最時興的服裝，美目流盼，光彩照人，緊緊吸引了三位詩人的目光。樂師開始調音，看來他們是借酒樓來操曲的。其中有人試奏幾段引子，都是流行曲調。

幾位詩人知道自己的作品，經已流傳都城，常被傳唱，等如現代熱門的填詞人。先是王昌齡對大家說：「我們在詩壇都算有點名氣，但不知誰比較受歡迎。今天機會來了，讓我們看看他們選唱誰的歌詞最多，誰就是優勝者。」高適和王之渙都笑着贊成。

演唱開始了，一個歌女輕啟朱唇唱道：

寒雨連江夜入吳，平明 送客楚山孤。
洛陽親友如相問，一片冰心在玉壺。

是王昌齡得意之作〈芙蓉樓送辛漸〉。尤其這句「一片冰心在玉壺」表現了作者冰清玉潔、堅持操守的精神，最為人讚美。於是王昌齡在牆上畫了一個記號說：「一絕句。」

這女子唱罷到第二位，她臉帶憂傷的唱道：

開篋淚沾臆，見君前日書。
夜台何寂寞，猶是子雲居。

原來是高適的〈哭單父梁九少府〉是悼念友人梁九的一首詩，想不到這悲哀的詩也有人唱。高適也學王昌齡在牆上做個記號說：「一絕句。」

琴師們拉出前奏，第三個女子唱了，她眉頭也帶着幾分鬱結，以配合曲詞：

奉帚平明金殿開，且將團扇共徘徊。
玉顏不及寒鴉色，猶帶昭陽日影來。

詩人們都熟悉王昌齡這首寫宮人寂寞的〈長信怨〉，隨着吟唱。王昌齡難掩喜色，在牆上添畫一下説：「又一首。」

這時兩位詩人臉帶嘲諷望向王之渙，因為他還沒有「發市」。王之渙是有點尷尬，但他強辯道：

「這算什麼！瞧她們的樣貌都平常得很，唱些大眾流行之曲，像我那些陽春白雪的高雅文字，除非 ——」

「除非什麼了？」王昌齡和高適齊聲問。

「除非是那最漂亮、最清麗的一個，我說她除非不唱，唱的一定是我的作品。」

「如果不是呢？」

「如果不是，我甘拜下風，不敢再與你們相爭。可是如果是我的作品呢？」王之渙提高了聲線，「你們可得拜倒我座前，尊我為師了。」

於是大家笑着等待，果然不久輪到那梳着雙髻的美女唱了：

黄河遠上白雲間，一片孤城萬仞山。
羌笛何須怨楊柳，春風不度玉門關。

這不是王之渙的得意之作〈涼州詞．出塞〉麼？這美女的嗓子也好，好得大家想叫好又不敢，直到她唱完，才轟的喝起彩來。

王之渙更是興奮得站起身來，指着高適和王昌齡說：「怎麼樣？鄉巴佬，我說的沒錯吧！」

三人大笑舉杯。

那邊伶人們見這邊熱鬧，不知何故，便有人過來詢問。王昌齡把事情經過說了一遍，那邊的歌伶和樂師聽說原來是大家久仰的大詩人在場，都紛紛過來行禮，道仰慕之忱，還說：「請原諒我們俗眼不識神仙，快請過去喝酒。」於是筵席重開，又笑又唱又喝酒，歡樂了整日。

這樣的人物，這樣的氣氛，如此美麗的作品和歌聲，千多年後仍能使人醉倒！

曾經美麗的中國人呀，你們的流風餘韻仍能尋覓麼？

延伸閱讀：

高適〈塞上聞笛〉

王昌齡〈出塞〉

王之渙〈登鸛雀樓〉

同情之美

杜甫門前的棗樹

美麗的中國人：杜甫 （唐）

買了一件石灣燒製的杜甫像，一副窮愁潦倒的樣子。杜甫一生的確愁多歡少，為國家、為人民也為自己，在辛苦中過日子。

讀他的〈茅屋為秋風所破歌〉，八月的一場大風，把他成都浣花溪邊新蓋茅屋的屋頂茅草，吹得到處都是。窮困的村童趁風打劫，公然把一些茅草搬走。無力挽救局勢的杜甫只好喪氣地回到家裏，面對牀頭屋漏、布衾硬冷。在這困苦時刻，他不但為自己的處境歎息，還想到與他遭遇相同的天下寒士，他說：

「安得廣廈千萬間，大庇天下寒士俱歡顏，風雨不動安如山！嗚呼！何時眼前突兀見此屋，吾廬獨破受凍死亦足！」

讀到這裏，心境麻木的我們可能有點不信：「真的如此偉大？只想到別人，不顧及自己？」

不過當我讀到杜甫的另一首詩〈又呈吳郎〉時，我真的被感動了。

在杜甫的草堂前本來有一棵棗樹，當棗子成熟時，鄰居一個窮困的寡婦常來打棗，杜甫從不干涉。到杜甫搬家，草堂讓給了一個姓吳的親戚。他一搬進來便在園子四周插上籬笆，杜甫為此不安，寫了一首〈又呈吳郎〉，希望這位親戚體諒窮寡婦的苦況，讓她繼續打棗，並且指出這是政府高稅制和戰爭造成的全民災難，懇請吳郎留情。

這首詩不但寫得懇切，而且深切體會到一個窮苦婦人的心理，處處體貼，務求使她安心。不是胸有大仁大愛者寫不出這樣的句子。

我把它譯寫在下面，請你再欣賞原文。

「我任得西鄰的老婦來堂前打棗，
她是個無兒無女經常捱餓的寡婦。
如果不是窮得沒法子她怎會這樣做？
因為她帶着恐懼我們就該對她更為親切。
對遠來的住客馬上存有戒心雖然是過慮，
但你立即插上籬笆卻是不爭的事實。
我經常指出官府的征斂已經使百姓窮到極點，
再想到戰亂不絕真使人淚下沾襟。」

一個胸有大仁大愛的杜甫，一個美麗的詩人杜甫。

附錄

〈茅屋為秋風所破歌〉

杜甫

八月秋高風怒號，卷我屋上三重茅。
茅飛渡江灑江郊，高者掛罥長林梢，下者飄轉沉塘坳。
南村羣童欺我老無力，忍能對面為盜賊。
公然抱茅入竹去，唇焦口燥呼不得，歸來倚杖自歎息。
俄頃風定雲墨色，秋天漠漠向昏黑。
布衾多年冷似鐵，嬌兒惡臥踏裏裂。
牀頭屋漏無乾處，雨腳如麻未斷絕。
自經喪亂少睡眠，長夜沾濕何由徹！
安得廣廈千萬間，大庇天下寒士俱歡顏，風雨不動安如山！
嗚呼！何時眼前突兀見此屋，吾廬獨破受凍死亦足！

〈又呈吳郎〉

杜甫

堂前撲棗任西鄰，無食無兒一婦人。
不為困窮寧有此？只緣恐懼轉須親。
即防遠客雖多事，便插疏籬卻甚真。
已訴徵求貧到骨，正思戎馬淚沾巾。

美

同感之美

同是天涯淪落人，相逢何必曾相識

美麗的中國人：白居易 （唐）

我認為中國詩人中最美麗的是白居易。如果他生活在當代，我會不遠萬里，千方百計要去見他，告訴他我是他死心塌地的「粉絲」。

或許李白、杜甫在詩壇的地位比他更高，但李白太豪，有點不食人間煙火；杜甫太苦，包袱太多太沉重。惟有白居易最貼我的心，那些詩句既美又多情，充滿人道主義的精神。即使像〈長恨歌〉這樣的作品，本來有諷喻君王重色傾國的意思，仍然把那段愛情寫得如此美麗動人。這就是詩人的同情心和對愛的寬容。

白居易的〈琵琶行〉使我對他完全傾心，當我在網上聽不同的人朗誦，讀到「同是天涯淪落人，相逢何必曾相識」時我就熱淚盈眶；讀到「座中泣下誰最多，江州司馬青衫濕」時，我也潸然淚下。樂天，樂天，我們相距一千三百多年，並不妨礙我對你謬托知己。

一個做官的、名滿天下的詩人，江上一曲琵琶之後，再聽這年老色衰的歌妓訴說身世，竟與之平等相比，說同是天涯淪落，偶然相逢便可相知相惜，這是何等的襟懷，何等的多情！

我不敢把〈琵琶行〉的故事重寫，誰能把這個故事說得比他更好？再寫是一種褻瀆，也難免獻醜。就請諸位，把下面的〈琵琶行〉讀上十遍、百遍，直到會背誦為止。

附錄

《琵琶行並序》

白居易

元和十年，予左遷九江郡司馬。明年秋，送客湓浦口。聞舟中夜彈琵琶者，聽其音，錚錚然有京都聲。問其人，本長安倡女，嘗學琵琶於穆、曹二善才。年長色衰，委身為賈人婦。遂命酒，使快彈數曲。曲罷，憫然。自敘少小時歡樂事；今漂淪憔悴，轉徙於江湖間。余出官二年，恬然自安，感斯人言，是夕始覺有遷謫意，因為長句，歌以贈之。凡六百一十六言，命曰〈琵琶行〉。

潯陽江頭夜送客，楓葉荻花秋瑟瑟。
主人下馬客在船，舉酒欲飲無管弦；
醉不成歡慘將別，別時茫茫江浸月。
忽聞水上琵琶聲，主人忘歸客不發。
尋聲暗問彈者誰？琵琶聲停欲語遲。
移船相近邀相見，添酒迴燈重開宴。
千呼萬喚始出來，猶抱琵琶半遮面。
轉軸撥弦三兩聲，未成曲調先有情。
弦弦掩抑聲聲思，似訴平生不得志。
低眉信手續續彈，說盡心中無限事。
輕攏慢撚抹復挑，初為霓裳後六么。
大絃嘈嘈如急雨，小絃切切如私語；
嘈嘈切切錯雜彈，大珠小珠落玉盤。
間關鶯語花底滑，幽咽泉流水下灘。
冰泉冷澀弦凝絕，凝絕不通聲暫歇。
別有幽愁暗恨生，此時無聲勝有聲。
銀瓶乍破水漿迸，鐵騎突出刀槍鳴。
曲終收撥當心畫，四絃一聲如裂帛。
東船西舫悄無言，惟見江心秋月白。
沈吟放撥插弦中，整頓衣裳起斂容。
自言本是京城女，家在蝦蟆陵下住。
十三學得琵琶成，名屬教坊第一部。

曲罷曾教善才服，妝成每被秋娘妒。
五陵少年爭纏頭，一曲紅綃不知數。
鈿頭雲篦擊節碎，血色羅裙翻酒汙。
今年歡笑復明年，秋月春風等閒度。
弟走從軍阿姨死，暮去朝來顏色故。
門前冷落車馬稀，老大嫁作商人婦。
商人重利輕別離，前月浮梁買茶去。
去來江口守空船，繞船月明江水寒。
夜深忽夢少年事，夢啼妝淚紅闌干。
我聞琵琶已歎息，又聞此語重唧唧！
同是天涯淪落人，相逢何必曾相識！
我從去年辭帝京，謫居臥病潯陽城；
潯陽地僻無音樂，終歲不聞絲竹聲。
住近湓江地低溼，黃蘆苦竹繞宅生；
其間旦暮聞何物？杜鵑啼血猿哀鳴。
春江花朝秋月夜，往往取酒還獨傾。
豈無山歌與村笛？嘔啞嘲哳難為聽。
今夜聞君琵琶語，如聽仙樂耳暫明。
莫辭更坐彈一曲，為君翻作琵琶行。
感我此言良久立，卻坐促絃絃轉急；
淒淒不似向前聲，滿座重聞皆掩泣。
座中泣下誰最多？江州司馬青衫溼。

同樂之美

醉翁之樂

美麗的中國人：歐陽修　（宋）

我沒有教過小學一年級的學生，但在課室裏聽到隔壁一年級的小朋友一齊讀課文：

「歐陽修，父早死。媽媽教他讀書，媽媽教他寫字。」

這個宋朝大文豪夠慘的，四歲就死了父親。家裏很窮，沒錢買紙筆，媽媽就用蘆荻的桿當筆，在沙上寫字。

歐陽修的文章寫得好，跟他自小讀唐朝古文家韓愈的文章有關，他們都是「唐宋古文八大家」的一分子。

我看商務印書館早年出版的《歐陽永叔文》，發覺他寫了許多篇墓誌銘，也寫了許多篇祭文。都是一些悲哀的文章，除了為他自己的親友寫，也有別人請託的。大概想借他的筆墨，讓死者有機會名留後世。我覺得一個文人寫太多這一類的文章也是苦事，因為一定不會開心。

但是很奇怪，歐陽修除了擅長寫上述這類文字外，在填詞方面卻完全是另一種風格，會寫出很深情的句子，例如：

聚散苦匆匆，此恨無窮。今年花勝去年紅，可惜明年花更好，知與誰同？

又例如：

雨橫風狂三月暮，門掩黃昏，無計留春住。淚眼問花花不語，亂紅飛過鞦韆去。

西方有情人節，中國卻有兩個情人節，一個是牛郎織女相會的七夕，一個是農曆正月十五的元宵。這一天跟西方的情人節巧合地很接近。元宵之所以被定為情人節，完全得力於歐陽修的一首詞：

〈生查子〉

去年元夜時，花市燈如晝。月上柳梢頭，人約黃昏後。
今年元夜時，月與燈依舊。不見去年人，淚濕春衫袖。

這首敘事小詞寫情人約會的甜與苦，使許多戀愛中人起了共鳴，就把詞中的元夜定為情人節了。

但我之把歐陽修視為美麗的中國人，卻是因為他的〈醉翁亭記〉。

歐陽修因事被貶滁州（今安徽省一個城市），他投入當地生活，保持愉快心情。自號「醉翁」，在一處風景優美的地

方，僧人智仙建造了一個供人憩息的亭子，歐陽修命名為醉翁亭，吸引了許多當地遊人。

他還跟當地百姓在此野宴，有即時釣上來的肥魚，有本地釀造的美酒，有採自郊野的山珍野蔬，邊吃邊玩遊戲，不停的乾杯歡呼。而其中蒼顏白髮差不多醉倒的便是他這個太守歐陽修。

他還說大家都覺得跟太守一同郊遊很快樂，卻不知道太守因大家的快樂而更加快樂。

當我想像一個白髮老翁，不矜持他做官的身分，帶醉地歡呼暢飲在他的百姓之間，大家像是一家人。再加上周圍美好的景致，就覺得是多麼美麗的一個畫面。

即使在標榜官員是人民公僕的今天，那些老爺身邊也可能跟着幾個保鑣。活動的前兩天，已經派人到附近環境做了保安檢查，哪像這位半醉太守開明爺爺似的與大家親密無間的遊樂在一起。

這篇〈醉翁亭記〉還有一個妙處，是一共用了二十一個「也」字，讀起來不覺其過分重複，故意打破了不可太多重複字詞的禁忌。

附錄

〈醉翁亭記〉

歐陽修

環滁皆山也。其西南諸峰，林壑尤美。望之蔚然而深秀者，瑯琊也。山行六七里，漸聞水聲潺潺，而瀉出於兩峰之間者，釀泉也。峰回路轉，有亭翼然臨於泉上者，醉翁亭也。作亭者誰？山之僧智僊也。名之者誰？太守自謂也。太守與客來飲於此，飲少輒醉，而年又最高，故自號曰「醉翁」也。醉翁之意不在酒，在乎山水之間也。山水之樂，得之心而寓之酒也。

若夫日出而林霏開，雲歸而巖穴暝，晦明變化者，山間之朝暮也。野芳發而幽香，佳木秀而繁陰，風霜高潔，水落而石出者，山間之四時也。朝而往，暮而歸，四時之景不同，而樂亦無窮也。

至於負者歌於塗，行者休於樹，前者呼，後者應，傴僂提攜，往來而不絕者，滁人遊也。臨谿而漁，谿深而魚肥；釀泉為酒，泉香而酒洌；山肴野蔌，雜然而前陳者，太守宴也。宴酣之樂，非絲非竹，射者中，弈者勝，觥籌交錯，起坐而諠譁者，眾賓懽也。蒼顏白髮，頹然乎其間者，太守醉也。

已而夕陽在山，人影散亂，太守歸而賓客從也。樹林陰翳，鳴聲上下，遊人去而禽鳥樂也。然而禽鳥知山林之樂，而不知人之樂；人知從太守遊而樂，而不知太守之樂其樂也。醉能同其樂，醒能述以文者，太守也。太守謂誰？廬陵歐陽修也。

正氣之美

文天祥大節不虧

美麗的中國人：文天祥 （宋）

被元世祖忽必烈召見之後，文天祥回到牢裏。

雖然文天祥跟元軍打過多場仗，元軍傷亡不少，這個蒙古皇帝仍是一副禮賢下士的姿態。

他告訴文天祥，宋朝已經徹底亡了，再沒有復國的機會。文天祥如果肯為大元效力，他將繼續委任他做丞相，到時他可以實現抱負，為漢人的福祉努力。

文天祥很決絕地回答，他在四年的牢獄生涯中，別的沒有盼望，但求一死，希望忽必烈成全他。

忽必烈為文天祥的不識抬舉動了氣，心中起了殺機，把文天祥送回牢裏。

文天祥知道自己的日子已經到了盡頭，他躺在牢牀上，一場場的戰役，一次次的歷險，多少委屈，多少艱辛，多少失敗，一幕幕展現，不覺吟起過零丁洋時那首感懷的詩來：

辛苦遭逢起一經，干戈寥落四周星。

山河破碎風飄絮，身世浮沉雨打萍。

惶恐灘頭說惶恐，零丁洋裏歎零丁。

人生自古誰無死，留取丹心照汗青。

是的，「人生自古誰無死，留取丹心照汗青。」文天祥知道求仁得仁，很可能明天就是自己大去的日子。

這時一陣怪風，帶來牢中各種混雜的臭味，又傳來囚徒們的咒罵、呻吟、痛哭，真有身處地獄的感覺，幸而自己不久可以解脱了。世上沒有多少要他掛念的，只有兩個女兒，阿柳和阿環，希望她們平平安安，長大成人；爹爹不能照顧你們了。

他爬起身來，就着小窗外微弱的月色，在衣帶上書寫起來：

孔曰成仁，孟曰取義，惟其義盡，所以仁至。

讀聖賢書，所學何事？而今而後，庶幾無愧！

寫好躺回牀上，他閉上眼睛，耳畔好像聽到一陣宇宙間雄偉的大合唱：

天地有正氣，雜然賦流形。
下則為河岳，上則為日星。
於人曰浩然，沛乎塞蒼冥。
皇路當清夷，含和吐明庭。
時窮節乃見，一一垂丹青。

文天祥正氣凜然，大節不虧，為國家民族獻出了生命，在歷史上留下美麗的畫像。

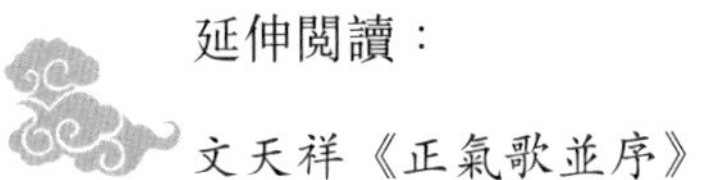

延伸閱讀：

文天祥《正氣歌並序》

美

淡泊之美

三顧草廬也不出

美麗的中國人：王冕　（元）

明朝羅貫中寫的《三國演義》，劉備三顧草廬，終於把諸葛亮請了出山。清朝吳敬梓寫的《儒林外史》，第一回便高舉了一位高潔之士王冕，作為後來儒林中人的表率，用不慕名利、淡泊自甘的王冕這把尺一量，其他人都被比了下去。王冕，是全書靈魂最美麗的一個。

這位高士王冕也曾三次被官場中人造訪，結果都被他躲過去了。

第一回來邀請王冕的是奉縣官之命的翟買辦，王冕拒絕前往說得好：「假如我為了事，老爺拿票子傳我，我怎敢不去！如今將帖來請，原是不逼迫我的意思了；我不願去，老爺也可以相諒。」

第二回是知縣危老爺親自下鄉來請，卻吃了閉門羹，鄰舍說他到二十里外的親家處吃酒去了。

第三回是還沒有做皇帝的朱元璋，經過他家門前向他討教治國之道，王冕教他以仁義服人。到朱元璋登了帝位，派人徵召他出來做官，他早躲進山裏，不知所終了。

吳敬梓筆下的王冕比史書記載的王冕人格更為完美，形象更為可愛，是經過作家選擇、重塑之後的美麗人物，我最愛他描寫王冕尚未成名前的簡樸、浪漫生活。

他每日讀書、繪畫，作品受歡迎，不愁衣食。他在《楚辭》圖畫上看到屈原的衣冠，便自選一頂極高的帽子，一件極闊的衣服，在那花明柳媚的時節，用牛車載了母親，手上執着鞭子，口裏唱着歌謠，在鄉村鎮間以及湖邊，到處玩耍，引得孩子們三五成羣地跟着他們嘩笑，王冕也跟他們一起笑。

你說他是多麼的可愛！

延伸閱讀：

（清）吳敬梓著《儒林外史》第一回

〈說楔子敷陳大義　借名流隱括全文〉

創作之美

十年辛苦不尋常

美麗的中國人：曹雪芹（清）

美麗的中國人之中，一定不可以漏掉曹霑（雪芹），他寫了一部極美麗的書《紅樓夢》，迷倒了無數中國人，還將一代又一代的讀者迷下去，永垂不朽。

書中的可愛男生賈寶玉有曹雪芹自己的影子，曹雪芹把別人眼中的他這樣的描述：

無故尋愁覓恨，有時似傻如狂。
縱然生得好皮囊，腹內原來草莽。
潦倒不通世務，愚頑怕讀文章。
行為偏僻性乖張，那管世人誹謗！
富貴不知樂業，貧窮難耐凄涼。
可憐辜負好韶光，於國於家無望。
天下無能第一，古今不肖無雙。
寄言紈袴與膏粱：莫效此兒形狀！

這描述半真半假，有反話有自嘲。即使「無能」、「不肖」，做到天下第一、古今無雙豈是容易的？何況是爭取功名科第的無能，對封建家庭的不肖，這就是難得，這就是可愛，這就是一種個性的美麗。

《紅樓夢》是一本歌頌美麗女性的書，作者在第一回中便說：

「忽念及當日所有之女子，一一細考較去，覺其行止見識，皆出我之上。我堂堂鬚眉，誠不若彼裙釵，我實愧則有餘，悔又無益，大無可如何之日也。」

賈寶玉七、八歲時已經會說大人覺得奇怪的孩子話：「女兒是水做的骨肉，男人是泥做的骨肉，我見了女兒便清爽，見了男子便覺臭濁逼人。」

這不是說他自小就有性別歧視，而是在當時男性中心的社會，男性較易受烏煙瘴氣的社會風氣沾染，反而是女性比較清爽。可見賈寶玉自小已有求清惡濁的愛潔個性。

《紅樓夢》中出現了許多美麗的女性，有姐妹也有較下層的使女、丫環。她們是黛玉、湘雲、紫鵑、晴雯、金釧、椿齡……對她們的描畫是如此深刻，如此動人。這種了解、體貼、仁愛和平等的靈魂特質，使作者跟他筆下的人物同樣美麗。

據考證與雪芹共度餘年，並為這部書抄錄及多次評註的「脂硯齋主人」就是書中的史湘雲，她在其中一個抄本前題了一首詩：

浮生着甚苦奔忙？盛席華筵終散場。
悲喜千般同幻夢，古今一夢盡荒唐。
漫言紅袖啼痕重，更有情痴抱恨長。
字字看來皆是血，十年辛苦不尋常。

這十年辛苦得來的心血結晶是如此的偉大、瑰麗，比一百萬字的《紅樓夢》多百千倍的「紅學」論著，也未能盡述它的豐盛和了不起，而許多紅樓之謎卻是愈説愈成謎。短短的這一篇只是想告訴你：曹雪芹是美麗的中國人之中不可缺少的一位。

《紅樓夢》第二十七回

林黛玉葬花詞

曹雪芹

花謝花飛飛滿天，紅消香斷有誰憐？
游絲軟繫飄春榭，落絮輕沾撲繡簾。
閨中女兒惜春暮，愁緒滿懷無釋處，
手把花鋤出繡簾，忍踏落花來復去？
柳絲榆莢自芳菲，不管桃飄與李飛，
桃李明年能再發，明年閨中知有誰？
三月香巢已壘成，梁間燕子太無情！
明年花發雖可啄，卻不道人去梁空巢也傾。
一年三百六十日，風刀霜劍嚴相逼，
明媚鮮妍能幾時，一朝飄泊難尋覓。
花開易見落難尋，階前悶殺葬花人，
獨把花鋤淚暗灑，灑上空枝見血痕。
杜鵑無語正黃昏，荷鋤歸去掩重門。
青燈照壁人初睡，冷雨敲窗被未溫。
怪奴底事倍傷神？半為憐春半惱春，
憐春忽至惱忽去，至又無言去不聞。
昨宵亭外悲歌發，知是花魂與鳥魂。
花魂鳥魂總難留，鳥自無言花自羞。
願奴脅下生雙翼，隨花飛到天盡頭。
天盡頭！何處有香丘？

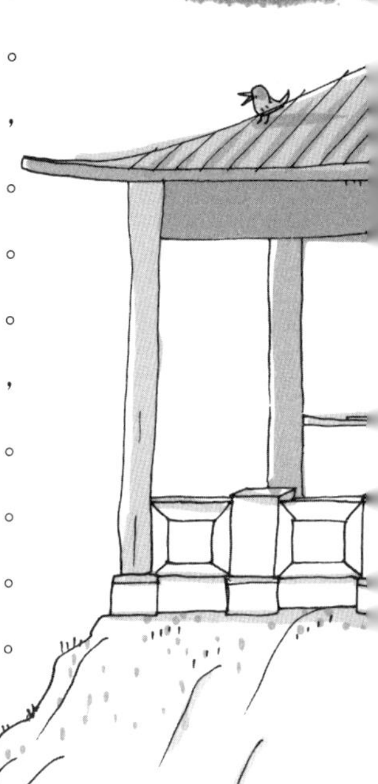

未若錦囊收艷骨，一抔淨土掩風流。
質本潔來還潔去，強如污淖陷渠溝。
爾今死去儂收葬，未卜儂身何日喪。
儂今葬花人笑癡，他年葬儂知是誰？
試看春殘花漸落，便是紅顏老死時。
一朝春盡紅顏老，花落人亡兩不知！

後記

想寫一本《美麗的中國人》是幾年前的事了，那年有兩個寫作計劃交突破出版社，結果先完成了《生活，一瞬間……》，然後是《去中國人的幻想世界玩一趟》，接續是《快樂紅簿仔》，但寫《美麗的中國人》的念頭一直在心間。

2008 年，寫《醜陋的中國人》的柏楊先生去世了，我上網看有關他的資料，發現有讀者稱他為「美麗的中國人」。我又發現在他寫《醜陋的中國人》之後，還未有人寫過一本書叫《美麗的中國人》。

於是我執筆。先羅列了中國歷史上我覺得有他們美麗的一面的人物，數一數差不多有一百人。要寫的話這本書太大了，於是我要費勁地刪去其中大部分。

李白的詩好，是唐朝詩人中數一數二的，詩中也有傲視權貴的精神，但他的行事卻不乏與這精神矛盾之處。他的作品多個人感情的抒發，但關心民間疾苦卻輸於杜甫和白居易

了。於是我沒有寫他，對不起，我們的詩仙。

諸葛亮雄才偉略，「出師未捷身先死」，也可以做失敗的英雄。或許受《三國演義》的影響，我嫌他太善於計算，在義利之間，對利有時偏重了些。

荊軻抱必死之心刺秦，易水送別，有悲壯之美。但即使行刺成功，一個政權也未必就此倒下。在此人肉炸彈紛飛的年代，行刺始終不是該視為美麗的行為。

最後名單中剩下二十位，請不要比較，質疑他們是否中國歷史上最美麗的二十人。其中不單有我主觀的成分，我欣賞的也往往止於某一點。何況，我仍有可能繼續列舉下去。

說到書的寫法，我不是為他們寫小傳，那是歷史學家的工作。基本上我是寫他們生命中最美麗的事件，儘量集中於一時一地，是我認為最燦爛動人的剎那。

原來中國有人曾經如此美麗過，他們的美麗不但照耀千秋，而且像基因般存在於許許多多中國人的靈魂深處。在過去的每一個時代都曾像煙花般爆發，我有理由相信，美麗的中國人將生生不已，締造一個美麗的中國，美麗的世界。